AS VINHAS DO RENO

Claus Koch

AS VINHAS DO RENO

| DEUTSCHLAND |

1ª edição, São Paulo

Copyright © 2022 by Claus Koch
Todos os direitos reservados.

Título original
AS VINHAS DO RENO

Projeto e capa Marcelo Girard
Revisão de texto Sonia Sant'Anna
Editoração S2Books

Imagem da capa 'The Wine Festival' by_Albert_Anker

Direitos exclusivos de publicação somente para o Brasil adquiridos
pela AzuCo Publicações.
azuco@azuco.com.br
www.azuco.com.br

Dados Internacionais de Catalogação na Publicação (CIP)
(Câmara Brasileira do Livro, SP, Brasil)

Koch, Claus
    As vinhas do Reno / Claus Koch. -- 1. ed. -- São Paulo :
AzuCo Publicações, 2022.

    ISBN 978-65-998093-7-8

    1. Alemanha - Civilização 2. Alemanha - Condições sociais
3. Alemanha - Descrição e viagens 4. Alemanha - Emigração e
imigração - História 5. Experiências de vida 6. Relatos de viagens 7. Relatos pessoais I. Título.

22-118104   CDD-920.71

Índices para catálogo sistemático:
1. Relatos pessoais : Histórias de vida 920.71
Aline Graziele Benitez - Bibliotecária - CRB-1/3129

Para Cecília, minha companheira
há 44 anos.

Sumário

Como tudo começou	9
Primeiras impressões	14
No trabalho	20
A vida no campo	25
A Minha Brasilidade	29
O povo	34
Diferenças	39
As guerras	44
A época fascista	50
O Dorf: a cidadezinha	56
O Caminho Rural	60
As águas claras	64
Repartir a renda: o segredo do Norte da Europa	69

Nossa velha capital	74
Stolpersteine - Pedras para tropeçar	79
De Carlos V a Shakespeare	84
Epílogo	93
Sobre o autor	95
Da mesma coleção	97

Como tudo começou

Em junho de 1978 nos conhecemos, e foi amor à primeira vista. Fui a uma festa junina em casa de amigos, e lá estava ela, uma moça de cabelos aloirados, com os olhos azuis mais profundos, minha futura companheira Cecília. À medida que os dias e semanas foram passando, nos aproximamos muito, e vimos que ansiávamos por uma vida diferente. Ela havia estado nos Estados Unidos como estudante em uma high school, e eu havia passado, ainda menino, pela experiência de frequentar uma escola primária alemã. Essas influências haviam deixado marcas profundas em ambos, falávamos outras línguas e tínhamos acesso a informações de fora.

Éramos anti-João Batista Figueiredo. Não por uma convicção estritamente política, mas porque víamos o atraso, a má aplicação dos impostos, a impunidade de uma corrupção ainda modesta, se comparada aos moldes atuais. Estava claro que os impostos não retornavam ao cidadão e que não havia uma política social digna do nome. Os dois partidos eram imóveis e inertes, meramente decorativos, e fingiam que faziam política. Os eleitores fingiam que acreditavam. Viajar era caríssimo, ainda mais com a obrigação de se fazer um depósito compulsório, que víamos como medida ditatorial.

O mercado era dirigido pelo governo, pacotes econômicos se seguiam um ao outro, tudo era indexado, e o sistema não protegia o assalariado. Não havia muitos produtos. Conhecendo mais tarde o sistema econômico comunista da DDR (Alemanha Oriental), vimos muitos paralelos com o Brasil daquela época. De duchas elétricas, por exemplo, havia a Fame e a Lorenzetti, ambas péssimas, pois mesmo com 220V, se havia, a potência era mínima e só se obtinha água quente no verão, e isso quando não havia os frequentes cortes de luz. Não havia muita concorrência nem novos produtos. O mercado fechado era ótimo para os produtores nacionais, mas péssimo para o consumidor. Havia comida suficiente, mas o luxo ou o diferente - quando havia - era contrabandeado. E a inflação já era portentosa, éramos especialistas em aplicações financeiras no chamado *overnight* - não para ganhar, e sim, para impedir que o dinheiro, ganho com o suor do nosso trabalho, perdesse o valor de um dia para o outro.

As fábricas compravam tecnologia no exterior, pelo que pagavam royalties, pois faltavam engenheiros para a pesquisa e o desenvolvimento. E faltava, sobretudo, o capital. O know-how comprado no início dos anos 70, em 1978 estava já obsoleto, enquanto o mundo lá fora dava gigantescos passos tecnológicos. À ânsia de uma vida com mais perspectivas pessoais se somava o interesse de adquirirmos mais conhecimentos, e enfim, a vontade de conhecer o mundo.

São Paulo, naquela época, já era uma cidade extremamente poluída. Talvez até mais do que hoje, quando os motores dos automóveis são mais eficientes e possuem filtros e catalisadores. Eu trabalhava no Centro e tinha problemas com uma secreção nos olhos, que nunca tivera antes, e que terminava, sintomaticamente, nos fins de semana, que eu passava fora do centro da cidade. Isso para mim significava que o bom emprego que eu tinha estava com os dias contados, eu tinha que mudar aquela situação porque era simplesmente inaceitável ter um problema de saúde motivado pela poluição. E usar diariamente um colírio especial não era uma opção sensata.

Tínhamos a mesma percepção, Cecília e eu, e ambos repudiávamos o conformismo. Não demorou muito para decidirmos tentar a vida fora do Brasil. Noivamos em novembro de 1978 e casamos em abril de 1979. Três dias depois do casamento embarcamos com duas malas para a Alemanha. Eu tinha o passaporte alemão e, portanto, poderia trabalhar, com todos os direitos de cidadão, que seriam estendidos à minha esposa. Teríamos preferido ir para os Estados Unidos, mas seria impossível, pelo menos por algum tempo, obter um visto de trabalho que não nos daria muitos direitos.

E assim, em 8 de abril de 1979, chegamos a Frankfurt e começou a nossa vida na Alemanha. Hoje vivemos em Mussbach, pequena vila do Palatinado, região limítrofe com a França. Aqui, ao invés de cerveja, toma-se vinho, temos 8.000 grandes e pequenos produtores na região, e seus habitantes são considerados os cariocas da Alemanha.

Bem-vindos ao meu mundo.

Primeiras impressões

Tínhamos comprado dois Eurailpasses que nos dariam direito a viajar de trem durante três meses pela Europa. Afinal, era nossa lua de mel e queríamos aproveitar. Tudo era mais lento, transacionado por carta. Compramos uma máquina de escrever portátil e escrevi várias cartas de apresentação. À medida que as semanas iam passando, recebia convites e, ao cabo de um mês, eu tinha meu primeiro emprego como engenheiro de vendas. Iria trabalhar, a partir de primeiro de junho, na Baviera, em Ingolstadt, 80 km ao norte de Munique..

Viajávamos com a mochila às costas, e o Eurailpass era de primeira classe. Não éramos nem limpos nem asseados. Dormíamos às vezes nos trens, e muitas vezes não havia duchas nas pensões em que nos hospedávamos, assim que não tínhamos uma aparência europeia de primeira classe. Desapontamos muitos condutores de trem, ávidos por nos mandar para a segunda classe porque pensavam que lá era nosso lugar. Na última viagem a Ingolstadt, já com as malas, mochilas e pertences, o trem estava lotado e depois do controle de passagens, tiramos nossos lanches para almoçar. Havíamos comprado uns pedaços de frango frito, e seu cheiro era forte. Lembro-me bem dos passageiros indignados conosco. Afinal haviam pagado caro para estar com cidadãos de classe e não com mochileiros de aparência suspeita, falando uma língua que ninguém entendia.

O tema língua ainda nos acompanhou por algum tempo. Já em Portugal, quando nos hospedamos em Sintra, o pessoal nos estranhava, sem reagir ao que dizíamos. Éramos jovens, mais altos que a média, loiros, então, por definição, estrangeiros. E falávamos um português que eles entendiam, mas não totalmente, e em várias oportunidades precisamos repetir o que havíamos dito.

Na Alemanha, o nosso linguajar despertou mais interesse. Com certa frequência nos perguntavam, interessados, qual língua falávamos. Muitas vezes pensavam que era reto- romano, uma língua falada na Suíça por um pequeno grupo étnico, pois nossa aparência pouco brasileira sugeria que éramos de algum lugar da Europa. Cecília era com frequência tida como polonesa.

Hoje em dia, línguas estrangeiras já não despertam tanto interesse. O afluxo de migrantes de todo o mundo trouxe uma polifonia para a Alemanha, que não existia quando chegamos. Como vivemos numa cidade pequena, não nos havíamos dado conta disso, e quando um dia fomos a Berlim, de repente estávamos no metrô rodeados por gente que falava espanhol, árabe, turco, russo e português.

Por falar em turcos, havia muitos deles em Ingolstadt. Moravam em ruas escuras e estreitas, em casas onde alemães jamais viveriam, e davam um bom rendimento aos donos daqueles imóveis. Os homens trabalhavam nos serviços mais pesados, na fundição. As mulheres usavam roupas que jamais ganhariam um prêmio de design. Não falavam alemão, e tenho minhas dúvidas se sabiam ler e escrever. Vinham do centro da Anatólia, eram extremamente religiosos e tinham suas mesquitas escondidas em casa, sem minaretes e com pequenas placas em turco indicando que ali era um centro religioso. A maioria havia chegado entre 1968 e 71. Portanto, não estavam há muito tempo no país. Ao contrário dos italianos, se organizavam em guetos, o que impediu e ainda impede em parte uma total integração. Mas não cabe dúvida de que no decorrer dos anos a presença dos aproximadamente quatro milhões de turcos se tornou marcante, com uma integração razoável.

Pois bem, nas primeiras semanas fomos morar em uma pensão e comecei a trabalhar. No primeiro dia, houve apresentação aos colegas e ao sindicato. A palavra me causava aversão, sindicato era para trabalhadores e era uma organização em princípio hostil, e eu não queria ter nada a ver com isso. Mas foram muito cordiais, me receberam como colega e me desejaram sucesso no trabalho. Na Alemanha, existe, por força de lei, desde 1949, a coparticipação dos sindicatos nas empresas. Essas comissões são eleitas pelos afiliados e representam os empregados nos vários níveis de direção das companhias. Em sociedades anônimas, representam 50% dos conselhos administrativos, de tal forma que o lado dos empregadores igualmente se compõe dos outros 50%, mais um voto do presidente do conselho, que, via de regra, representa o lado empregador. Assim, decisões de investimento, estratégias, aumento ou dispensa de pessoal são decisões conjuntas, e o interesse de sobrevivência de uma firma é dos dois lados. Ainda hoje, os sindicatos provocam reações negativas no Brasil, e mais ainda nos Estados Unidos. Mas na Alemanha e em muitos outros países europeus, o sistema funciona.

Depois de algumas semanas, alugamos um pequeno apartamento num sobrado. Foi baratinho, mas os móveis eram velhos e o lugar precisava de uma reforma. A ducha era aquecida a lenha, que ficava guardada no porão. Eu tinha que cortar a madeira com um machado, levar para cima, para aquecer a água. Tinha que ser com gravetos e um jornal, como nos velhos tempos de escoteiro. Com o fogo já aceso, demorava uns dez minutos para aquecer, e tínhamos que tomar banho rapidíssimo porque tinha que dar para nós dois. Apesar do verão acima de 30 graus, tomávamos banho a cada dois dias. Era um sistema muito primitivo e, depois de alguns trabalhos de pintura para melhorar o apartamento, pressionamos a dona do imóvel, mas logo entendemos que ela não modernizaria a ducha. Assim, resolvemos alugar uma casa bem ajeitada, a uns 15 km fora da cidade e lá fomos morar.

No trabalho

Me dei bem desde o primeiro dia. A fábrica era, na época, a maior indústria de máquinas têxteis da Alemanha, e a segunda ou terceira no mundo. Me receberam com muito cuidado, com um programa de introdução tanto comercial quanto técnico. Eu já conhecia a matéria desde o estudo e o trabalho no Brasil, mas era época em que eu era aprendiz, e não chefe. O mais fascinante eram os colegas mais velhos, aqueles que ainda sentiam a qualidade do algodão pelo tato e não por tabelas, e diziam com quantas rotações de fuso se poderia trabalhar. Pegavam um punhado de fibra e faziam uma amostra em cima da calça, no fêmur, e mediam com uma régua o comprimento médio. Talvez hoje ainda encontremos esses técnicos de mão cheia na Índia ou Paquistão, ou numa velha fiação de tweed na Escócia. Na Alemanha, não.

Apesar do avanço tecnológico, cedo aprendi que o que valia no Brasil também valia na Alemanha. Na verdade, tinha trabalhado em São Paulo com operários que trabalhavam mais horas e lutavam pelas suas fábricas. A diferença era a qualidade da organização e a qualidade dos responsáveis, bem como a diferença dos meios. Enquanto no Brasil persistia a ideia de que a mão de obra tinha que ser barata, na Alemanha o pensamento era outro. Todos ganhavam para uma vida decente, e, portanto, cada pessoa era importante, custava muito dinheiro, e o trabalho era bem organizado. Anos depois vivi as várias fases de automatização, algo que continua uma constante até hoje.

Na Baviera ainda existe o costume de um lanche às sextas-feiras. Na fábrica inteira, às 9 horas, fazia-se uma pausa oficial de 15 minutos, que se esticavam, quando dava. No meu departamento, as secretárias tinham um panelão e um aquecedor elétrico, havia uma lista do pessoal para comprar salsichas defumadas e pães. Cada um tirava suas salsichas, pegava sua cerveja e festejávamos o fim de semana que se aproximava. Sim, com uma cerveja em pleno local de trabalho! Na Baviera, a cerveja é considerada alimento, e, portanto, pode ser tomada durante o serviço. No verão, se acontecia faltar cerveja nas máquinas automáticas, eram tantas as reclamações que o diretor de produção ligava para a cervejaria, e lá vinha um caminhão para recarregar.

De modo geral, havia reconhecimento e respeito pelo trabalho. O respeito era mútuo. Diretores cumprimentavam os operários, não se demonstrava status porque todos eram iguais. Era comum encontrar o presidente da companhia dando suas voltas na fábrica. Eram bastante formais por um lado, mas acessíveis por outro. Penso que o processo democrático na Alemanha contribuiu muito para essa forma de convivência profissional. Os bombardeios haviam destruído por completo quase todo o país, havia quase dez milhões de refugiados do Leste alemão a procurar uma vida nova, e pouco restava da velha Alemanha; mesmo porque essa velha Alemanha tinha que se livrar da carga pesada e vergonhosa do Nazismo, procurando uma nova plataforma, um novo solo para se reerguer. Nota-se a diferença comparando, por exemplo, a Alemanha com a Inglaterra. Na Alemanha, tudo é mais moderno, mais pujante, o espírito é mais empreendedor. Na Inglaterra, muitas vezes se nota que ainda não aceitaram, ou têm dificuldade em aceitar a perda do império. Enquanto os alemães se despojam de sua nacionalidade para serem europeus, os ingleses dão preferência ao Brexit.

Como me encaixei em tudo isso? De fato, eu era um imigrante. Não era um imigrante típico, porque falava e escrevia muito bem o alemão, graças à educação proporcionada por meus pais, mas devido às circunstâncias pensava diferente dos demais. Enquanto tarefas especiais, tais como montar uma filial no estrangeiro, eram vistas por meus colegas como um risco, eu o via como experiência e oportunidade. Não demorou muito para que reconhecessem o valor dessa minha atitude.

O grande presente que recebi no berço foram as duas línguas maternas, o alemão e o português; duas culturas, uma vivida dentro de casa e num círculo cultural bastante restrito; o outro, aprendido na rua, na escola, no campinho de futebol. Ao meu redor havia muitos casos de casas de imigrantes onde não se falava o idioma natal. "Temos vergonha", diziam, ou "não queremos ser diferentes". Francamente, nunca entendi isso. Na minha época de garoto, já se ensinava inglês ou francês nas escolas, e o motivo estava mais do que claro: preparar os jovens para o mundo globalizado. E também estava igualmente mais do que claro que o inglês teria a supremacia, devido à indústria americana de entretenimento. E assim é até hoje.

A vida no campo

Chegamos à casa de Mindelstetten, no coração da Baviera, logo pela manhã, num sábado de verão. Eu tinha alugado um furgão para levar, ainda embrulhados, os primeiros móveis que havíamos comprado. Eram móveis em pinho europeu a serem montados com parafusos e com chaves sextavadas, que poucos anos mais tarde fariam a fortuna de um vendedor de móveis da Suécia.

Em pouco tempo apareceram uns jovens mais ou menos da nossa idade, falando em dialeto bávaro, se oferecendo para ajudar a descarregar e montar os móveis. Pedi a Cecília para correr ao mercadinho e comprar uma caixa de cerveja, a moeda universal alemã para recompensar ajudantes simpáticos. Em um par de horas estava tudo feito, agradecemos aos rapazes e estávamos prontos para começar a vida no campo.

Não podia haver contraste maior entre a vida de São Paulo e a nossa vida ali, à beirada dos campos de lúpulo. Quando nos mudamos era agosto, e o lúpulo estava alto, a quase três metros de altura, já a menos de um mês da colheita. Da janela da sala, olhávamos para o campo que nos dava um espírito de paz, com as folhas do lúpulo balançando levemente ao vento. Nossos novos vizinhos nos receberam cordialmente, alguns com uma certa indiferença, talvez pela diferença de idade. Não havia estrangeiros na vila, tampouco uma padaria. Havia uma lojinha para o essencial, um restaurante baratinho e uma loja de artigos rurais. Supermercado, apenas em Ingolstadt, e, aos sábados, uma padaria a uns dez quilômetros, às margens do Danúbio, que passava ainda pequeno pela região. No domingo, tudo fechado, dia do Senhor, o que aliás permanece assim até hoje, apenas as padarias passaram a abrir aos domingos pela manhã, mas não vendem todos os pães.

Por falar em padarias, comprar pão na Alemanha é um acontecimento. Já era em 1979, e hoje mais ainda. Dizem que no país existem mais de três mil tipos de pão, assim, a Unesco declarou o pão alemão um patrimônio da humanidade. Quanto à História, mesmo num lugar longínquo como aquele em que estávamos, topamos com relíquias, o que é típico de toda a Europa. Em todos os lugares, nos últimos três mil anos, ocorreu alguma coisa. Na crônica de cada vilarejo há registros de ocorrências de barões, duques ou princesas, ou mesmo historietas de pessoas comuns que fizeram algo marcante. Tudo é valorizado, as casas velhas são mantidas na medida do possível, e muita coisa é tombada pelo Patrimônio.

Enfim, nos demos muito bem. Verdade seja dita, o fato de eu falar alemão, embora falando o alto alemão típico do Norte, facilitou bastante. Cecília, que não falava uma palavra ao chegarmos, se sentia igualmente bem e foi, com o uso, aprendendo o idioma. Não havia opção, o inglês era vastamente desconhecido naquela época, e, portanto, não era uma alternativa praticável.

A Minha Brasilidade

À medida que vou envelhecendo, tenho pensado intensamente sobre a minha identidade. Gato que nasce em um forno é pão ou é gato? Ouvi essa frase há muitos anos, na minha juventude. Pela lógica, não há outra resposta que dizer: sou gato, não pão.

Até aí, tudo bem. Eu me sentia um jovem brasileiro, filho de alemães, frequentava meus amigos igualmente filhos de alemães, e namorava as alemãzinhas que cruzaram meu caminho. Namorei a primeira italiana aos 23 anos e vi que não havia muita diferença, onde para nós existia uma germanidade, lá viviam a sua italianidade, com suas pastas e pães italianos. Confesso que a comida era melhor e a recepção era mais calorosa. Porém, era uma casa de imigrantes, e cultivavam como nós a diferença.

Casei aos 26 anos com uma neta de imigrantes ítalo-húngaros, mais calorosos do que os alemães. Mas havia a componente húngara que os diferenciava e que lhes conferia uma certa afinidade com os alemães. Tivemos às vezes grandes discussões no período de redefinição identitária, quando eu dizia que, mesmo com a melhor das intenções, eu não considerava o brasileiro como "meu povo", no que Cecília me contradizia veementemente. Eu era sincero: MPB, bumba meu boi, carnaval e o Saci Pererê não faziam parte da minha personalidade; ela ainda estava em formação e recebia fortes influências da Alemanha moderna e da Europa, tanto na política, quanto na profissão e na cultura.

Minha atividade profissional logo me abriu outros países da América espanhola, na Europa e mesmo os EUA. Aprofundei meus conhecimentos, e sempre que ia a algum lugar, me dedicava a aprender sobre os países, cidades e respectivos povos. Não por uma disciplina profissional, mas por interesse cultural. Eu não consigo ir a algum lugar não sabendo nada dele. Especialmente nesse aspecto, o advento da Internet foi e vem sendo uma dádiva, um instrumento que uso para todos os objetivos, desde profissionais aos meramente culturais.

O que sou hoje? Certamente não apenas um brasileiro. Não mais, nós evoluímos, o Brasil e eu. O Brasil de hoje é diferente do que o que deixei há 43 anos: a língua, a gíria, tudo mudou. E eu não sou mais o mesmo. Se antes criticava o governo de um general, hoje sinto náuseas diante do que vejo.

De resto, meus antepassados não foram escravagistas, e chegaram por diferentes motivos ao Brasil, entre 1921 e 1939. Tampouco foram nazistas, apenas artesãos que desembarcaram com uma mão na frente e outra atrás e tentaram uma nova vida, com sucesso modesto. Nunca ganharam nada, nunca deixaram de pagar imposto, nunca deveram nada a ninguém e muito menos ao

Estado. Deu para uma casinha e um fusca, as ações da Light e do Banco do Brasil não valiam nada quando foi preciso, e a aposentadoria mal dava para manter o condomínio e o dia a dia.

Depois de alemão, o que inegavelmente sou, me sinto, isso sim, um europeu. Me sinto mais próximo ao francês, ao espanhol, ao português, ao polonês ou ao inglês do que a qualquer americano do sul, do centro ou do norte. Conheço todos eles, vêm de países adoráveis, são pessoas de fino trato (a maioria), mas não, não temos quase nada em comum além da língua e da música, que aprecio.

No entanto, algo ficou: a língua portuguesa, esse idioma que tem uma beleza especial, suave, romântica e muito menos exata que o alemão. Minha brasilidade se expressa nessa língua, no nosso cotidiano teuto-brasileiro, nos bolos e doces, no feijão com arroz, na lembrança dos acampamentos com escoteiros e amigos pelo Brasil afora. Um mundo que só existe dentro de casa e dentro de mim, mas que desapareceu no passado.

E no final, sou o que sou: um teuto-brasileiro, alemão, europeu, cidadão do mundo, pai de família e pouco a pouco me tornando um patriarca. E, de repente, me lembro da Praça do Patriarca, em São Paulo, por onde andei tantas vezes...

O povo

Outro dia ganhei uma dessas análises de DNA para ver com quem reparto os meus genes. Embebe-se um tubinho com algodão na saliva, e manda-se num envelope ao laboratório. Toda a família fez.

Além da confirmação de que meus filhos realmente são meus (deve haver muitas surpresas por aí), geneticamente pertenço apenas em 60% a um grupo da Europa Central, ou seja, em termos práticos, ao grupo germânico, e 40% ao grupo do Leste da Europa, ou seja, o eslavo. E, de fato, meus antecedentes por parte de pai são da parte colonizada pelo império alemão a partir do ano 1.000, nas terras eslavas.

Assim sendo, apesar de conhecer a história da Europa, recebi no meu DNA a prova direta da miscigenação dos povos. E é claro, a Alemanha se localiza no Centro da Europa, qualquer um que vá de Leste a Oeste ou de Norte a Sul, tinha que passar por ela. Desde os romanos, que ocuparam a parte ocidental até o Reno e o Danúbio pouco antes do nascimento de Jesus Cristo, houve o encontro de povos. As sucessivas guerras feudais, as Cruzadas, as guerras religiosas, o domínio francês de Napoleão, as duas grandes guerras fizeram com que milhares de soldados, prisioneiros, mercadores, acompanhantes de todo o tipo, deixassem seus genes pelo caminho, fazendo com que as teorias de racismo sejam totalmente absurdas.

No decorrer da última guerra e nos anos seguintes, os movimentos migratórios foram ainda mais marcantes. Mais de 10 milhões de refugiados do Leste vieram principalmente da Alemanha Ocidental. Outros 3 milhões de não cidadãos, mas de idioma alemão, também vieram. Depois da unificação, vieram outros dois a três milhões da Rússia, da Romênia, da Hungria e da Iugoslávia. Somados a isso, a partir de 1960, vieram milhões de italianos, espanhóis, portugueses e turcos para trabalhar e ficar. Na Alemanha de hoje, aproximadamente 40% da população tem um antecedente migratório.

Então, não existem, ou não existem mais alemães? Aqueles que comem chucrute, vestem roupa Fritz e tomam cerveja?

Essa discussão já chegou a ocupar bastante espaço nos anos passados. Criou-se a expressão *Leitkultur*, ou a "cultura guia", que deveria ser seguida de alguma forma, e que os imigrantes deveriam seguir. Na verdade, politicamente se negou nos últimos 70 anos que a Alemanha fosse um país de imigração, enquanto, nas barbas do governo, iam chegando pessoas das mais diferentes nações para ficar. O assunto desapareceu de vez com a imigração síria de 2008.

O que temos hoje é um cenário cultural bastante diverso. Enquanto nas cidades a influência migratória é mais marcante, o mesmo não acontece no campo. Há cidades onde o afluxo é altíssimo, Berlim por exemplo. E há sociedades paralelas, onde os migrantes desesperadamente tentam viver no seu mundo e com seus conceitos. Ali há choques culturais, notadamente com não cristãos.

É entretanto difícil para o estrangeiro esquivar-se ao sistema alemão. Primeiro, existe a obrigatoriedade escolar, sem alternativas. Os filhos vão à escola e assumem automaticamente a função de mediadores. As escolas são gratuitas até o diploma universitário, o que garante aos filhos de migrantes a possibilidade da ascensão social, e muitos se valem dessa oportunidade. A ascensão social traz a inclusão social na escola, no esporte, no estudo e no trabalho. Já existem muitos descendentes de imigrantes não alemães em altas posições do Estado, da política e dos negócios.

Um outro fator é a língua. O alemão é uma língua complexa, porém extremamente exata. Pode-se definir algo com exatidão explícita, o que a torna uma língua predestinada às ciências exatas, por exemplo. Pode-se então deduzir que há uma influência do idioma no ser das pessoas que o falam? De certa forma acredito que sim, não pode haver outra explicação, pois geneticamente não pode ser. Os filhos de migrantes são muito alemães, vestem meias brancas com sandálias, saboreiam suas cervejas, enfim, são reconhecíveis no exterior como o que, na verdade, são: alemães. Não do século 19, mas sim dos séculos 20 e 21.

E assim, aqueles que no passado lamentavam o que consideravam um desastre migratório, vão aos poucos desaparecendo, enquanto surgem cada vez mais locais onde se comem falaféis, döner, kebabs, pizzas, churros, sushis ou kimchis. O povo alemão está mudando a passos rápidos.

Diferenças

A vida na Alemanha e o relacionamento com os alemães, são, de um modo geral, bem descomplicados, desde que se cumpram determinadas regras. A começar pela pontualidade.

Quando iniciei meu trabalho por aqui, um colega me avisou que hora marcada é hora cumprida, e que havia clientes que simplesmente não recebiam o visitante, se esse chegasse atrasado. Se você marca um almoço para o meio-dia, pode ter absoluta certeza de que cinco minutos antes toca a campainha, e dez minutos depois todos os convidados estão presentes, e impacientes, querendo comer. É uma questão de respeito, marca-se e cumpre-se, não se deixa ninguém esperando em vão.

Outro tema é a formalidade, pelo menos no início. O tratamento por "Sie" significa Senhor e Senhora, e o "Du" é você. Normalmente, a partir digamos de uns 40 anos, e depois de alguns encontros, espera-se que o mais velho proponha mudar o tratamento do "Sie" para o "Du". Se o mais jovem fizer a proposta, isso pode ser tomado como ofensa. No trabalho é mais complicado. Dependendo da empresa, são muito formais, e um chefe não trata ninguém por "Du" porque a intimidade pode ser vista como discriminativa para os outros. Entre os mais jovens, e os trabalhadores, o "Du" é normal.

Em termos de comida, o alemão gosta de um bom café da manhã, almoça bem, mas à noite, em casa, faz a *Brotzeit*, o lanche com pão, queijos e frios. É um costume antigo e generalizado. Não é comum cozinhar à noite, muitas mulheres também trabalham, e a comida vai rapidamente à mesa. No caso de um convite para o jantar, aí sim, a dona de casa se desdobra e serve comida quente. Depois de um convite, é praxe um retorno, com um convite igual depois de algumas semanas. Não convidar pode ser interpretado como falta de interesse.

O alemão não é muito dado a amizades superficiais. Há uma grande diferença entre "conhecidos" e "amigos". O conhecido é uma pessoa que se conhece, se cumprimenta, pode se bater um papinho na porta de casa, mas não é de forma alguma um amigo. O amigo é visto como pessoa de certa intimidade e confiança, e a amizade nesse caso é duradoura e para valer.

Via de regra, há confiança no Estado. O sistema alemão de economia de mercado social significa que o mercado pode trabalhar livremente, sendo que os impostos são usados para garantir uma justiça social. Não há ninguém que, em sã consciência, ponha o sistema em dúvida, exceto, naturalmente, os pequenos partidos radicais. Para uns, o Estado faz pouco, para outros, faz demais. A solidez estatal, entretanto, faz com que a preocupação com o futuro seja muito relativa. Todo alemão sabe que nunca morrerá de fome, e que sempre haverá um cantinho onde o Estado cuidará dele. Em contrapartida, há uma certa lentidão. A burocracia não é extrema, mas existe, e é levada com disciplina. Se há a lei, tem que ser cumprida.

Há uma grande vantagem para a vasta maioria da população: planejar é possível. Planejar o estudo, a carreira, a aposentadoria, a compra de um terreno ou casa, e assim por diante. As leis são perenes e há poucas alterações. Pacotes econômicos são desconhecidos. Ajudas a companhias são poucas, mas existem se há o perigo de falência. Durante a pandemia houve ajudas maciças em todos os níveis, e conseguiram segurar bem a economia. A Alemanha é comparável a um gigantesco transatlântico cruzando os mares, lentamente, mas em ritmo constante. Pode reduzir a velocidade, mas não demais, e acelera, mas igualmente não se transforma em um bólido.

No momento, o país está em construção. Milhares de pontes e trechos de estradas de rodagem e ruas, construídas principalmente no pós-guerra, precisam ser trocadas por terem sido feitas com materiais não muito resistentes, se comparados aos de hoje. O mesmo vale para as estradas de ferro, que já deixaram de ser pontuais. O século 20 passou, e agora, o país tem que se preparar para o século 21, literalmente.

As guerras

A Alemanha de hoje é o que é em virtude das duas últimas grandes guerras. Em todas as praças principais, há monumentos para lembrar os mortos em combate. Os da primeira guerra, com muitos nomes, mas os da segunda guerra com três a quatro vezes mais. Para quem permanece no país mesmo que apenas por alguns dias, o tema certamente vem à tona. A estrutura das cidades, sua arquitetura, as ruínas de igrejas e edifícios se distinguem pelo grau de destruição durante a última guerra. Há cidades que não foram atacadas, como Heidelberg, o xodó dos americanos, e aquelas que foram totalmente destruídas, e onde só a catedral ficou de pé, como Colônia.

Há os que dizem que a segunda foi o segundo tempo da primeira guerra mundial, e há muita verdade nisso. Por um lado. Por outro lado, o caminho que os alemães escolheram ao acreditarem no fascismo de Hitler com suas teorias genocidas, faz da segunda guerra não um conflito de honra, uma revanche talvez merecida, mas, sim, um horror para todos que a viveram.

Tudo isso, porém, não terminou em 1945.

Na verdade, temos duas histórias a contar a partir de 1945. Uma, a oficial, conta os anos difíceis de fome até 1949, os anos de incerteza política, com a Alemanha dividida em cinco pedaços: quatro ocupados pelos aliados, e o quinto pelos poloneses. As áreas ocupadas pelos aliados se transformaram nas duas repúblicas alemãs que existiram até 1990, depois unificadas. O restante ficou para a Polônia.

Muitos viveram a reconstrução do país ocidental até 1980, e a posterior reconstrução do lado oriental, ainda em andamento. O milagre econômico alemão é a base da Europa moderna, e o fundamento de nossa constituição é o modelo para as novas repúblicas do Leste europeu. Por causa desse sucesso, há quem diga que o verdadeiro vencedor da guerra foi a Alemanha, mas essa é uma interpretação leviana dos acontecimentos.

A perda populacional foi de 7,7 milhões de alemães, depois de já terem perdido 2,4 milhões em 1914-18. No total, em 30 anos, foram mais de 10 milhões de pessoas mortas, sem contar desaparecidos e feridos. Esse valor é triplicado se juntarmos as perdas dos inimigos. E isso sem contar as vítimas do Holocausto, esse desastre moral e ético que desonrou a nação e a privou de mil anos de cultura judaica totalmente integrada na Alemanha e no Centro da Europa.

Não se pode esquecer o efeito de tudo isso sobre as famílias. Meu avô por parte de pai, Arthur, lutou do primeiro ao último dia da Primeira Guerra Mundial. Igualmente, teve que lutar na segunda e tombou na Rússia, não se sabe onde. Dois de seus irmãos, sem emprego, foram nos anos 20 para a Legião Estrangeira Francesa e desapareceram na Argélia. Meu pai, tripulante do Windhuk, se safou da guerra como prisioneiro em Pindamonhangaba, e, impedido de voltar à Alemanha, ficou no Brasil. Meu tio Hans, rapaz de 16 anos, enviado para uma unidade antiaérea, sobreviveu, mas teve que viver do lado russo até a reunificação. Minha avó Fanny viu sua casa destruída em bombardeio e foi levada com a filha para fora da cidade de Stettin, em 1944, conseguindo finalmente escapar do lado russo para chegar ao Brasil em 1955, onde viveu amargurada ainda por alguns anos.

Meu bisavô por parte de mãe, Gottlob, por ser alemão, foi forçado a deixar a Alsácia no fim da primeira guerra. Quando o lado oeste da Alemanha foi ocupado pelos franceses, temendo uma nova guerra, por recomendação de um amigo, decidiu irrefletidamente ir com toda a família para o Brasil, numa empreitada desastrosa. Chegou a Rio Claro em 1921, onde, com a ajuda de meu avô Arthur Friedrich, abriu uma padaria. Minha avó Charlotte, que chegou com 21 anos ao Brasil, lá teve cinco filhos, mas sempre quis voltar para a Europa. Meu avô voltou em 1936, para ganhar dinheiro e preparar a volta da família, quando, em 39, se iniciou a guerra e as portas se fecharam. E em 45, não havia mais condições de viagem e ele se viu forçado a ficar.

Essa é, sem exageros, uma descrição dos acontecimentos em uma família alemã do século 20. Há milhões dessas histórias em todo o país e Europa afora. Para todos, as duas guerras foram um desastre, com muitas perdas e poucas oportunidades. Mas conseguiram salvar a pele, e puderam recomeçar.

Na Alemanha, consequentemente, não há paradas ou desfiles militares. Aboliu-se a glória, o militarismo, e, até certo ponto, o patriotismo. Estabeleceu-se, aos poucos, uma cultura de autocrítica, e um consenso nacional sobre o Holocausto e a guerra. Assim sendo, por exemplo, é -uma política estatal a ajuda comercial e militar a Israel. Além disso, procura-se restabelecer uma vida judaica na Alemanha, proporcionando vistos de permanência a judeus do Leste europeu que pretendam viver no país. O mesmo vale para cidadãos israelenses, sejam descendentes de alemães ou não.

Nas escolas, nas aulas de História, enfatiza-se, talvez em excesso, o estudo das causas e consequências do nazismo. Exagero justificado pelo ressurgimento dos partidos de extrema direita.

Mas nem sempre foi assim. Nos primeiros anos após a guerra, o partido nacional-socialista mudou de nome e de protagonistas e continuou atuante. Foi combatido politicamente, desaparecendo pouco a pouco. O povo não queria falar sobre a guerra e preferiu colocar uma pedra sobre o tema. Essa atitude mudou na geração seguinte, com os movimentos estudantis de 68, quando se começou a perguntar qual havia sido o papel dos pais antes e durante a guerra. Foi um processo duro, mas necessário, e em muitas famílias o tema continua em pauta. Não é um assunto fácil.

A época fascista

Há quase 90 anos, o presidente alemão Hindenburg nomeou chanceler da Alemanha Adolfo Hitler, chefe do Partido Nacional-Socialista dos Trabalhadores da Alemanha. Esse partido havia ganho 33,1% dos votos nas eleições de novembro de 1932, e, a partir de então, os outros partidos votados não conseguiram constituir um governo. A saída que teve Hindenburg foi nomear o mais votado.

Bastaram alguns dias para o partido de organização fascista, com suas milícias, assumir o controle das posições-chave do governo. O Ministério do Interior, que controlava a polícia, o Ministério das Finanças e o da Defesa. Os demais ministérios tampouco ofereceram resistência. Como consequência imediata da polarização entre nazistas e comunistas, tudo o que cheirava a comunismo ou socialismo estava imediatamente na mira da polícia e das milícias do partido.

A Alemanha, ainda fortemente traumatizada pela guerra perdida, sob o peso da acusação de culpada exclusiva pela guerra, com a perda de aproximadamente 25% de seu território devido à devolução da Alsácia e Lorena, bem como com a formação de um Estado Polonês, continuava pagando reparações de guerra (das quais a última parcela foi paga em 2010), que levaram à inadimplência da Alemanha em 1932 e à ocupação da Renânia pela França, como garantia de pagamento. Nessa situação, era-lhe impossível obter crédito internacional, do pouco que havia sobrado do mercado já extremamente debilitado pela crise das bolsas de 1929.

Emocionalmente, a Alemanha estava no chão. A democracia se encontrava debilitada porque havia uma constante interferência externa, embora sua constituição fosse provavelmente a mais moderna do mundo da época. A pressão da Rússia comunista era constante, afinal, Marx e Engels foram alemães, o que já por si era visto pelos russos como motivação suficiente para conquistarem a Alemanha. As igrejas eram basicamente anticomunistas, não devido à doutrina socialista, mas porque não havia lugar para religiões na visão comunista. E havia o exemplo da Itália fascista, onde Mussolini já estava no poder desde 1922, prometendo um grande futuro para o seu povo. No decorrer da história, entretanto, ele se revelou um bufão e seu Estado não era mais do que um queijo furado.

O terreno político estava preparado, e bastou pouco para Hitler assumir o poder e reduzir a zero o parlamento e os políticos de partidos de oposição. Foi um salve-se quem puder, e as poucas vozes de alerta foram logo caladas..

Na minha época, não havia no Brasil muita informação sobre o tema. Meus pais não participaram do processo e tinham poucas informações. Minha avó e tia, que vieram para o Brasil em 1955, vieram traumatizadas, e podia-se falar de tudo, menos na guerra e suas causas. Sofreram muito com as consequências, e não eram o tipo de gente aberta ao diálogo.

Chegando à Alemanha, uma vez organizada a vida nova, quisemos nos informar. Com o início da Internet, há uns 25 anos, esse processo foi agilizado. Sempre me intrigou a pergunta: como havia sido possível um grupo fascista assumir o controle do país de inventores, filósofos e pensadores? Como foram possíveis os crimes perpetrados antes e depois da guerra? Era essa a revanche esperada?

Um fator decisivo foi a subserviência do aparelho estatal, amparada pela legalidade do processo. Essa subserviência existe até os dias de hoje, e faz com que o Estado funcione. Se bem que embora hoje exista um maior controle, e a conduta se baseie em princípios legais e éticos, o Estado alemão continua, em princípio, a funcionar da mesma forma.

Outro fator foram as contínuas ameaças ao bem-estar da população. Falta de emprego, inflação, fome e caos político não ofereciam um fundamento sólido para o futuro. Nessas condições, num país sem interferência externa, quem prometia emprego parecia um salvador da pátria. Além disso, havia os inválidos e desempregados, os refugiados dos territórios perdidos (como meus bisavós que, literalmente, fugiram dos franceses em 1922), os pequenos produtores e profissionais liberais, os nobres ameaçados de perder tudo com a república, os monarquistas (que não eram poucos) que queriam a volta do império, e os revanchistas que também eram numerosos. A nova república alemã não representava nenhum desses grupos, e lutou mais com os problemas externos do que com os internos.

Para completar o panorama, tanto comunistas quanto nazistas viviam de desinformação e violência. *Fake news* não são uma invenção moderna, e era fácil construir um cenário de ameaça russa com a feição de Stalin. E havia as milícias tanto de uns quanto dos outros, batalhas de salão e de rua, assassinatos e roubos.

Os fatores descritos são parte de uma explicação, não uma desculpa. Precisamos entender quais foram os fatores, para podermos evitar que o mesmo volte a acontecer. Vejo políticos que propiciam soluções simplistas. Vemos que grupos de interesse agem dentro de moldes clássicos para criar confusão, pôr em dúvida a ciência, desmontar instituições de valor comum, usar milícias para garantir por meio da violência o alcance de objetivos, e outras ações do mesmo cunho. E vemos o mesmo acontecer nos EUA, Brasil, Polônia, França, Rússia, Hungria, Nicarágua e outros. Infelizmente.

O Dorf: a cidadezinha

Países e regiões têm aquilo que se pode chamar de coração, onde pulsa o núcleo da nação. Muitas vezes não são lugares famosos ou de grande poder aquisitivo, nem estão em evidência porque são centros de algum setor, como da moda ou de investimentos. Podem ser vários lugares, muitos até, mas que representam o país.

Já na minha primeira visita à Alemanha como adulto, em 1975, visitei as cidades mais conhecidas. Berlim, Munique, Colônia, Hamburgo, e as menores, mais turísticas. Apesar de fascinado por aquele mundo diferente, não deixei de ver os lados não tão brilhantes, os cortiços habitados pelos trabalhadores de outros países, naquela época os "temporários", a venda de drogas nos arredores das estações de trem, e as diferenças sociais nas grandes cidades.

Ao voltar em 1979, tive a sorte de conseguir emprego em Ingolstadt, cidade da Audi com cem mil habitantes, já considerada "grande" em termos de Alemanha. Insisti em morar fora da cidade, o que seria, a meu modo de ver, uma vantagem nas situações quotidianas. Tudo seria mais tranquilo, as escolas menores, a comunidade menor e mais receptiva a novos habitantes. Fizemos isso em todas as regiões onde estivemos, e em nenhum momento nos decepcionamos.

Assim, chegamos ao Dorf - o vilarejo (que em alemão é masculino). Existem milhares deles, e, ao contrário do que acontece em países mais novos, a grande maioria tem uma longa história, muitas vezes tendo sido fundados no século 5. Houve Dörfer que desempenharam papéis importantes na história sem abandonar o status de vila.

O Dorf, na minha opinião, é o coração deste país. Tendo de, digamos, 100 a 10.000 habitantes, sempre teve uma infraestrutura que garantia a sobrevivência do grupo, com todas as profissões vitais como padeiros, açougueiros, lavradores, ferreiros, marceneiros, moleiros e pedreiros. Em épocas em que a locomoção era difícil, a presença destes profissionais era vital. Essas estruturas, em princípio, permanecem até hoje e permitem que muitos habitantes encontrem emprego ali mesmo, ou no Dorf vizinho. Todos têm jardins de infância, escolas e serviços públicos, e médicos.

A árvore alemã tem suas raízes nos Dörfer como menor comunidade administrativa e histórica. Ali mora a maioria silenciosa do país, ocorrem as festas populares, se cantam as velhas canções, se cumprimentam estranhos ao cruzar nas ruas, ou se param os carros para uma conversa rápida com alguém conhecido avistado. É o interior distribuído sobre toda a área do país, que começa a poucos quilômetros fora das cidades.

O Caminho Rural

"Todos os caminhos levam a Roma" é um velho provérbio, e, efetivamente, no Império Romano, todas as estradas principais tinham como centro Roma, assim que, mais cedo ou mais tarde, independente do caminho tomado, chegava-se a Roma. Isso deixava clara a centralização dos poderes na capital.

Igualmente na França, os reis feudais muito cedo centralizaram o poder em Paris. Havia outras cidades consideradas reais como Orléans, Reims e Rouen, porém Paris sempre foi o centro pulsante. Na época de Luís XIV então, todos os nobres foram praticamente condenados a viver na corte real em Versalhes, não por opção, mas por imposição do rei. Ainda hoje o centralismo francês é típico na organização do Estado e das empresas privadas, sendo um aspecto bastante criticado pelos reformistas de lá.

Na Alemanha, ficamos longe disso. Fragmentado em feudos, o país foi regido por imperadores que não tinham capital, e que escolheram uma ou várias cidades como capitais temporárias e sedes do parlamento, como Nuremberg, Regensburg, Worms, Frankfurt, Magdeburg, Innsbruck e Praga. Até Palermo, Madri e Bruxelas chegaram a ser capitais-residências por algum tempo, e muitas cidades menores, hoje desconhecidas, foram centros regionais de certa importância.

Como consequência, além dos "caminhos imperiais", que tinham como origem as velhas estradas romanas, uma infinidade de caminhos foram sendo abertos, no decorrer da história, para comunicar as milhares de pequenas vilas, um verdadeiro *puzzle* de vias e caminhos de diferente grandeza.

Até a virada para o século XX, quando chegou o automóvel, as velhas estruturas continuaram as mesmas. Com o asfalto e a velocidade, criaram-se estradas com novos traçados e novas prioridades e muitos dos velhos caminhos ficaram no esquecimento. Não é raro, ao passear pelos campos, de repente encontrar um pedaço de calçamento romano, ou andar por uma estrada de terra que ligava Frankfurt a Berlim e que ficou esquecida no tempo.

Caminhos têm, portanto, muita história e algo romântico. Na Alemanha, sempre levam a algum lugar. Até mesmo as trilhas que cruzam as florestas têm objetivo. Assim, um país pequeno em comparação com o Brasil, se torna muito grande. Há muitas opções e uma boa infraestrutura para conhecermos todas as atrações. O turismo de massa se concentra nas grandes cidades e nos castelos conhecidos, embora seja muito mais interessante pegar um carro e ir pelo país, evitando a Autobahn, cheias de automóveis e onde, salvo pequenas exceções, não se vê muita coisa. A verdadeira Alemanha está nas pequenas cidades e nas vilas.

As águas claras

Nasci no Hospital Matarazzo, em plena Bela Vista, e cresci na Zona Oeste de São Paulo. Desde muito cedo, com visitas a parentes em Pirituba e Picanço, ou idas ao clube Bragança, cruzar os rios Tietê e Pinheiros era uma constante. No início dos anos 60 ainda se viam aos domingos as competições de remadores do clube Esperia e da Portuguesa. Não me lembro se o Corinthians também tinha remadores, o que é provável, já que está situado perto do rio. Eu ficava fascinado ao cruzar os rios e com o movimento, e imaginava que um dia eu iria remar ali.

Sempre fui muito atraído pelas águas, quem sabe é uma herança genética de meus antepassados do Báltico. Consta que meu pai, ainda criança, caiu no rio Oder, em Stettin, porém creio que este acontecimento não foi suficiente para influir na minha estrutura genética. Ainda hoje, se há uma aguinha por perto do lugar onde pretendo pernoitar, pago mais para poder ver a água. Há lugares memoráveis, e um dos mais lindos fica à margem do Mar de Mármara, lugar ao qual, provavelmente, não voltarei mais porque o novo aeroporto de Istanbul fica a mais de trinta quilômetros.

Enfim, o Tietê, por volta de meados dos anos 60, já não permitia as remadas de domingo. As águas poluídas tornaram impossível a prática do esporte, e poucos anos depois já havia aquele fenômeno da espuma de sabão em Pirapora e Salto. Água em casa, só de moringa, a água da torneira, que vinha da rua, tinha gosto de cloro.

Vindo para a Europa, e especialmente a Alemanha, nos deparamos com uma política ambiental quase fetichista em relação à água. Tradicionalmente, é obrigação dos fornecedores de água, normalmente empresas comunais, suprir água potável com a mesma qualidade que a água mineral. Parece mentira, mas a água da torneira aqui é melhor que muita água mineral engarrafada. Se acontece alguma contaminação, é um Deus nos acuda, aviso por rádio, tv, internet e jornais, e o assunto é amplamente comentado. Quem mora aqui e nunca viu ou ouviu, é porque acontece raramente. Aqui em Neustadt a água vem do subsolo de uma floresta, é testada várias vezes ao dia, com o resultado publicado na Internet.

No decorrer dos séculos, a herança romana dos poços e fontes se manteve na Europa. A Alemanha, localizada no centro do continente, sempre foi rota de Norte a Sul e de Leste a Oeste, com inúmeros caminhos e estradas ligando grandes e pequenas comunidades. Via de regra, o viajante sempre encontrava um lugar onde pudesse tomar água boa. Mesmo nas trilhas das florestas, se pode encontrar com frequência uma fonte com a plaquinha *Trinkwasser*. Pode confiar que a água é boa.

Em determinados estados alemães, a mudança climática tem trazido grandes períodos de estiagem, apesar de termos água em abundância. Mas a chuva é insubstituível na floresta, e as árvores de raízes planas perto da superfície, como os pinheiros, têm secado, mudando a característica destes lugares. Já se anunciam os futuros problemas de distribuição e falta de água.

Nesse contexto, me recordo da notícia de que a água de Ijuí, no Rio Grande do Sul, não pode mais ser tomada sem ser fervida ou tratada quimicamente. É especialmente triste, porque Ijuí em guarani significa "águas claras". Portanto, não se trata apenas de parar o desmatamento ou proteger os indígenas, mas sim de preservar as águas para a população, para filhos, netos e bisnetos. Já que muitos esperam um mundo melhor, este seria um bom começo.

Mais uma particularidade com respeito à natureza. Todos os anos, a partir de meados de março, o país entra em estado de euforia. Milhões de mudas de todos os tipos são transportados de todas as partes da Europa para os supermercados de jardinagem. As famílias se dedicam ao planejamento de seus jardins e vasos. Plantas que não podem ficar a temperaturas baixas, são tiradas dos porões e jardins de inverno para receberem os primeiros raios de sol.

O que se inicia na primavera continua por todo o verão até o outono. Todas as plantas são classificadas com etiquetas indicando em que época irão florir e qual o posicionamento preferido nos jardins.

Como muitas casas antigas dos velhos centros do Palatinado têm uma área interna calçada, onde se trabalha com as uvas, é costume ter ali plantas em vasos. Em dias de festa e nos fins de semana, se abrem os portões e se podem admirar as flores. O amor à jardinagem é generalizado. Mesmo nas casinhas mais humildes há vasos e caixetas com flores, e nos prédios há pequenos paraísos nas sacadas e balcões.

Repartir a renda: o segredo do Norte da Europa

Em meio às discussões políticas em curso, com supostas *direitas* combatendo supostas *esquerdas* e *liberais*, sem saber exatamente do que se trata, de uma coisa podemos estar certos: a paz social que todos almejam e exigem não se consegue com egoísmo.

Na virada do século 19 para o 20, nos velhos centros medievais, casas antigas, semiabandonadas eram alugadas por valores ínfimos a famílias pobres ou empobrecidas. A fome era companheira constante das muitas crianças nesses cortiços; as escolas eram simples e as velhas estruturas do império que cairia em 1918, ao final da primeira guerra, ainda existiam.

A catástrofe que acometeu a Alemanha logo após a primeira guerra não levou a reformas sociais. Os partidos radicais, como os fascistas e comunistas, se valeram dessa omissão, catequizando os "homens jovens sem emprego, frustrados, raivosos e dispostos à violência". Sabemos dos resultados dessa situação no final da guerra em 1945.

Por sorte, os arquitetos da nova república criada em 1949, pressionados por uma legião de milhões de ex-soldados, viúvas e menores abandonados, criaram a *Soziale Marktwirtschaft* ou seja, a Economia Social e de Mercado. Isso significa, em termos práticos, que o Estado toma dos que têm para aqueles que não tem.

Mas não é tão simples assim.

O sistema tem muitas facetas. Por exemplo, fomenta-se a criação de novos empregos, e, em caso de crise, se protegem os já existentes. Antes de uma empresa ir à falência, o Estado paga até 80% dos salários para manter os empregos da firma. Naturalmente, há prazos e controles, porém me parece muito lógico dar uma ajuda a uma empresa em vez de distribuir ajuda social aos ex-empregados, o que não leva a nada.

Um outro aspecto são as escolas públicas em todos os níveis até o doutorado, com custos ínfimos. O Estado parte do princípio de que a instrução constante e de alto nível garante empregos. Se alguém não pode arcar com os custos de moradia e comida para poder estudar na universidade de sua escolha, há um sistema de crédito e de cobertura de custos, o BaFöG, pelo qual, dependendo do caso, se pagam parte dos custos e se concede um crédito sem juros, que deverá ser devolvido em pequenas parcelas depois que o estudante estiver ganhando um salário. E isso para estudos na Alemanha ou no exterior.

Escolas e universidades particulares existem, mas são pouquíssimas.

Naturalmente, existe a ajuda social, uma espécie de "Salário Família" para aqueles que precisam. Nem sempre nos parece adequada, e, com certeza, há quem se aproveite. Como para cada criança há um valor extra, essas famílias tendem a ter mais filhos. Não há sistemas perfeitos. Mas há os que precisam, e são a maioria.

Eu poderia seguir a lista das diferentes possibilidades de desenvolvimento social a partir de uma tributação mais elevada. Fato é que contribuímos com um máximo de 53% de impostos para o Estado. Claro que salários mais baixos têm contribuições menores. Empresas pagam no total praticamente 35%.

De uma forma ou outra, os países ao nosso redor adotaram o mesmo sistema, de forma que, em nível europeu, estamos chegando a uma harmonização de sistemas, porém não de valores. Imagino que na Bulgária e Romênia deva haver ainda muito a fazer, e sei que a ajuda social na península ibérica é bem mais baixa e inadequada.

O que sempre me chama a atenção é a ojeriza, por exemplo, dos americanos a programas sociais. Há uma boa dose de desconfiança de que um pobre possa usufruir do trabalho de outros. Ora, se eles não têm alternativa, os "homens jovens sem emprego, frustrados, raivosos e dispostos à violência" pegam suas armas e vão buscar ajuda social de outra forma, não tendo, porém, a mínima chance de uma subida no ranking social. A consequência é o que vemos: cadeias abarrotadas e exércitos de pobres fazendo qualquer biscate para sobreviver. Chances? Zero. Se autodestroem com drogas, álcool e afins.

Enquanto isso, na Alemanha já temos inúmeros refugiados sírios, afegãos, iranianos e de outras paragens trabalhando, conquistando seus diplomas, fundando empresas e pagando impostos. Chegaram em 2015 com a roupa do corpo e consta que aproximadamente 40% deles já estão trabalhando.

Agora, que sistema é esse? Esquerda? Direita? Liberal? Penso que de tudo um pouco. Bom senso, eu diria, nada de dogmas, nada de populismo, nada de soluções mirabolantes e imediatistas.

Nossa velha capital

Desde 1998 vivo no Palatinado. Foi uma decisão motivada pelo trabalho. Antes eu não fazia ideia da beleza da região e da mentalidade meio *carioca* dos seus habitantes. Isso sem falar dos vinhos alemães - eu que tinha outras preferências de vinhos.

Durante o primeiro ano vivi em um hotel, e voltava pra casa para os fins de semana. Eram uns 300 km de viagem. Em 1999 mudamos para cá, e no mesmo ano decidi começar com a minha firma. E, ao mesmo tempo, começamos a conhecer melhor a região em que vivemos até hoje.

De saída, o que mais nos impressionou foi a diferença no clima. Eu tinha começado no outono em Frankenthal, uma cidade basicamente industrial ao lado da BASF de Ludwigshafen, e a princípio não vi nada do lugar, e me concentrei no trabalho. Em um belo dia de março, fui atender a um compromisso em Bad Dürkheim, e, na volta, ao invés de pegar a Autobahn, errei o caminho e fui em direção a Neustadt. Fazia calor, abri as janelas do carro e senti a primavera, olhei para o termômetro: 21 graus! E isso no início de março, quando nos anos anteriores nosso vizinho na Baviera ainda amontoava sua neve na frente de casa! Havia bastante gente nas ruas, as flores já estavam florindo e os pássaros cantavam. Fui devagar, deliciando-me com o sol, os cheiros e ruídos, passeando pelos *Dorfinhos* da Weinstrasse.

A partir daquele momento, me apaixonei pelo Palatinado. Procuramos uma casa, fizemos a mudança e fomos conhecendo sua gente curiosa e faladeira, degustadores de boa comida e bons vinhos, falando um dialeto descendente de seus ancestrais francos, o que faz deles primos dos franceses do leste, dos belgas e dos holandeses do sul.

O Palatinado é um dos mais antigos estados alemães, tendo iniciado sua vida romana ao serem conquistados por Júlio César. Por volta do ano 280 vieram os alamanes (que deram origem ao nosso nome em muitas línguas), porém perderam uma batalha para os francos, que se tornaram senhores da terra, fazendo com que os alamanes migrassem para o Sul, povoando o sul da Alemanha, a Suíça e o oeste da Áustria. No decorrer dos séculos seguintes, formou- se o Sacro Império, até que, por volta de 1156, o velho Imperador Barbarossa deu a terra a seu irmão, que escolheu Heidelberg como sua capital.

A partir desse momento, teve início o progresso da cidade e do Palatinado. Enquanto França e Inglaterra guerreavam, a Alemanha viveu tempos mais favoráveis. Em 1386, foi fundada a primeira universidade em Heidelberg, em 1550 veio o protestantismo com seus impulsos mercantis.

A festa acabou em 1622 com a conquista pelos austríacos e bávaros, seguidos pelos suecos, na Guerra dos 30 Anos. Em 1688 os franceses do general Mélac destruíram o castelo do Duque, e Mannheim, melhor fortificada e planejada, passou a ser a capital. O fim do velho Palatinado se deu em 1806, com Napoleão, a partir de cuja derrota, o rio Reno, que era "nosso", passou a ser fronteira. O lado de lá passou a ser de Baden, e os bávaros ficaram com o Palatinado.

De vez em quando digo que, na verdade, ainda há dois países separados por uma fronteira: a Coréia e o Palatinado. Claro que nem de longe podemos comparar os dois, porém o pessoal do lado de lá do Reno ainda fala o nosso dialeto. Aliás, como o pessoal do norte da Alsácia, que tampouco são alsacianos, e sim, palatinenses. São as idas e vindas europeias depois de tantas guerras, mandos e desmandos.

Agora, quanto ao vinho. Com mais de 8.000 produtores na região, nos acostumamos a provar o vinho antes, para depois comprarmos uma ou duas caixas. Às vezes provamos vinhos de fora, e, claro, quando estamos numa área vinícola, bebemos o da região. Regularmente fazemos roteiros de vinho à Espanha e Portugal. Mas aqui é a nossa região, aqui estamos em casa, e tomamos o vinho daqui, embora estejamos a 30 km da França.

Mas eu bem que gostaria que nossa capital fosse a velha Heidelberg.

Stolpersteine - Pedras para tropeçar

Muito já foi escrito e falado sobre a época das trevas na Alemanha, sobre a ascensão e queda do partido nazista, ou seja, o Partido Nacional-Socialista dos Trabalhadores da Alemanha. Pois é, nacional e socialista, e como se isso não bastasse, dos trabalhadores.

No início, nada mais foi que um desses inúmeros partidos nascidos em mesas de bar, após muitas cervejas e palavreado de homens frustrados e sem perspectiva, dos quais havia muitos depois da primeira guerra e o efeito revanchista do Tratado de Versalhes, um erro histórico de Clemenceau e seus correligionários.

Quando chegaram ao poder, em 1933, com pouco mais de 30% dos votos, teve início, primeiramente a perseguição aos inimigos políticos: comunistas, socialistas, religiosos, intelectuais. Em seguida, restrições seguidas de exclusões e proibições a todos os que, segundo a doutrina racial, eram tidos como inferiores. judeus, sintis e ciganos, bem como pessoas de outras nacionalidades sem uma definição clara. Muçulmanos em teoria sim, na prática não.

Enfim, depois de iniciada a segunda guerra, a maioria dessas pessoas foi para os campos de concentração e de extermínio. Poucos se salvaram, e muito menos ficaram depois da guerra. Hoje temos novamente uma cultura judaica na Alemanha, devido aos netos de sobreviventes que retornam de Israel, mas também pelo grande afluxo de judeus russos à Alemanha.

A partir do fim da guerra, em 1945, podemos distinguir duas fases de comportamento do povo alemão. Os primeiros

20 anos foram de vergonha e negação, e o Estado alemão reconheceu sua culpa, com indenizações- e apoio a Israel e condenações de criminosos, mas sem a participação do povo. A segunda fase teve início com o processo de Eichmann e a conscientização em massa do que havia sido o Holocausto.

Desde então, a informação, pesquisa e conscientização popular passou a ser uma questão nacional. A metade ocidental do país , ao contrário da metade oriental, adotou uma atitude determinadamente anti-nazi. Por ocasião da unificação essa diferença era clara entre a parte ocidental e a oriental. Segundo a narrativa do governo comunista, eles também haviam sido perseguidos, e não havia motivo para qualquer política de conscientização quanto a Israel e os judeus. Isso não se referia aos fatos, pois exceto um pequeno grupo de comunistas que havia formado um governo de exílio na União Soviética, quase todos no comando da polícia, forças armadas e indústria eram apenas alemães dos estados do lado oriental e tinham desempenhado o mesmo papel que os do outro lado antes e durante a guerra.

Dentro da nossa cultura, digamos ocidental, entre a conservação e criação de monumentos e sinagogas, foram criados os *Stolpersteine*, como um gigantesco monumento europeu, instalando placas de latão à frente das residências onde se sabe que viveram pessoas deportadas ou fugitivas, vítimas do nazismo. Na maioria dos casos, naturalmente, trata-se de pessoas judias, mas há também sintis, romas, gays, políticos e religiosos. Isso começou por iniciativa de um artista, em 1992, e hoje são mais de 100 mil placas, número que aumenta a cada dia.

A ideia não tem o mesmo nível de aceitação em todas as partes. Na maioria dos casos se necessita uma autorização, e esta depende da boa vontade da administração pública.

Mesmo assim, penso que é um monumento memorável e digno de ser mencionado. Se vocês forem passear na Europa, olhem com atenção para as calçadas, quem sabe vocês descobrem um Stolperstein. Detenham-se por alguns segundos antes de seguir adiante e leiam os nomes das pessoas que moravam ali. Penso que isso agradaria aos que ali moraram há muito tempo.

De Carlos V a Shakespeare

Sou fascinado pela evolução dos idiomas. Se tivesse tido a oportunidade, talvez tivesse me aprofundado na germanística, anglística e nas línguas ibéricas. Mas teria sido uma outra vida completamente diferente, assim que hoje escrevo como leigo interessado.

Enquanto o processo de formação da língua inglesa havia chegado ao fim no século XV, ou seja, a gramática e textos já se assemelhavam aos moldes hoje conhecidos, e o mesmo se pode dizer do castelhano e português, na Alemanha os dialetos ainda apresentavam diferenças profundas, como o holandês e o alemão dos dias de hoje. A estrutura é semelhante, e, com um pouco de esforço, os dois se entendem, mas são duas línguas com duas gramáticas e expressões idiomáticas diversas.

Na Alemanha do início do século XVI, eram cinco grandes os grupos idiomáticos, com uma enorme variedade de expressões faladas, mas não escritas. Havia poucos livros, e os que havia eram editados em latim. As universidades de Praga e de Heidelberg haviam sido fundadas em 1348 e 1386 respectivamente, ainda não fazia muito tempo portanto, e não existia ainda algo como germanística, o estudo das línguas germânicas.

No Norte, o Platt da Baixa Saxônia, Holstein, Mecklemburgo e Prússia, que é parente da base saxônica do inglês antes do amalgamento com o francês. No Centro, o turíngio da Turíngia e Saxônia; no Oeste, o franco da Renânia e Palatinado; no Sudoeste o alemânico da Alsácia, Vale do Reno e Suíça, e a Sudeste o bávaro da Baviera e Áustria. E inúmeras variações entre os dialetos, e quanto mais isolados os habitantes, tanto maior as diferenças.

Na verdade, o Sacro Império fundado por Carlos Magno em 800 sempre foi sujeito a modificações em sua estrutura administrativa e política. Dado o seu tamanho, que abrangia além da França e Alemanha, a Áustria, a República Tcheca, Polônia, Suíça, Bélgica, Holanda e o Norte da Itália, os senhores feudais tinham poder que se poderia dizer maior que os imperadores, e lutavam constantemente entre si. Não foram poucas as disputas também com os imperadores. Na verdade, no decorrer dos anos, o sistema produziu pequenos países (dos quais vemos ainda hoje a Holanda, a Bélgica, a Suíça, a República Tcheca e a Áustria), dos quais os imperadores eram mais dependentes do que ao contrário. Havia periodicamente o Reichstag, o Dia do Império, que durava várias semanas, e ao qual todos que detinham poder tinham que comparecer. Não havia uma sede para o Reichstag, e uma série de cidades foram palco do encontro. Cito apenas algumas como Estrasburgo, Metz, Nuremberg, Worms, Frankfurt, Wroclaw, Verona, pois a lista é longa.

Além disso, o título de imperador não era necessariamente hereditário. O imperador era eleito pelos Duques Eleitores. Não foram poucas as vezes em que um suposto sucessor não era eleito, e sim, um outro do qual os Duques Eleitores esperavam maiores privilégios.

Em 1519 morreu o imperador Maximiliano. Seu neto – Carlos V da Alemanha e Carlos I da Espanha – assumiu o poder. Carlos falava castelhano, latim e francês, mas nada, ou quase nada de alemão. Um pouco de holandês, pois nasceu e foi criado em Gent, na Bélgica. Em abril de 1521, Carlos foi pela primeira vez à Alemanha para o primeiro Reichstag, na cidade de Worms. Todos os duques, condes e barões deveriam comparecer para prestar contas, receber privilégios e tomar as decisões pertinentes junto ao novo e jovem imperador. Além disso, um outro problema deveria ser discutido: a defesa de tese de Martinho Lutero, que havia manifestado, em 1517, suas 95 teses que abalavam a Igreja. O problema não era tanto teológico, pois tinha havido outros manifestos anteriores, mas sim financeiro: o povo não queria mais pagar pelos privilégios, e, principalmente, não contribuía mais para a construção da Catedral de São Pedro. O Papa pediu a Carlos que remediasse a situação o mais rápido possível, Lutero tinha que abdicar de suas teses, para que tudo voltasse ao normal.

Conhecemos a história, os esforços de Carlos não deram em nada, Lutero não recuou e foi banido. Diante desse resultado, o Duque da Saxônia "sequestrou" Lutero e o levou ao castelo de Wartburg para um exílio temporário.

Chegando ao castelo, Lutero deixou a batina de lado, deixou crescer a barba e começou a trabalhar na tradução da Bíblia para o alemão. Os textos existentes eram em hebraico, grego e latim, que Lutero dominava perfeitamente. Mas, qual o alemão? O do Norte, que simplesmente não era entendido no Sul? O da Turíngia, que era por demais campestre? Já existiam algumas traduções mais eruditas e complexas, apenas conhecidas por alguns letrados. A intenção, entretanto, foi editar a Bíblia em um idioma popular, fácil de entender, com o objetivo de tornar o conteúdo acessível ao povo, eliminando a influência de monges e padres sobre a interpretação do Velho e do Novo Testamento. Assim, pela primeira vez, se iniciou um novo idioma popular, juntando palavras e expressões de várias regiões, e, onde não havia algo existente, Lutero criou novas. Preponderantes foram os dialetos do Centro Sul, sendo o mais próximo o alemânico.

Dentro de um ano estava pronta a primeira Bíblia editada no novo alemão, e foram publicados em Wittenberg 3.000 exemplares, uma quantia enorme para a época. Esses exemplares foram vendidos em poucas semanas. A língua se tornou o que hoje chamamos de *Hochdeutsch* o Alto Alemão, a língua moderna falada e principalmente editada onde se fala o alemão.

Mesmo assim, enquanto os ibéricos tinham seu Camões e Cervantes, os ingleses seu Shakespeare, a literatura alemã precisou de mais tempo para ter obras referenciais. Herder, Schiller e Goethe só viriam a existir no início do século XIX.

Falando em Shakespeare, a obra de Lutero exerceu uma certa influência sobre o idioma inglês. William Tyndale foi em 1522 a Wittenberg para aprender com Lutero como produzir uma versão popular da Bíblia em inglês. Sua *Tyndale Bible* foi editada, mas proibida e vastamente distribuída clandestinamente durante quase cem anos até que uma nova versão, a chamada King James Bible, foi editada em 1611. Assim, um pouco de Lutero certamente teve alguma influência sobre a obra de Shakespeare.

O surgimento da Bíblia popular foi a base para o alemão moderno. Novas escolas surgiram nas cidades, e a manutenção das escolas municipais passou a ser uma exigência nas cidades maiores, em detrimento das escolas nos conventos que ainda muitas vezes lecionavam em latim. Os primeiros jornais e relatos como o de Hans Staden, sobre sua viagem ao Brasil, editado em 1557 com o título *Warhaftige Historia und beschreibung eyner Landtschafft der Wilden Nacketen, Grimmigen Menschfresser-Leuthen in der Newenwelt America gelegen,* ou seja "História verdadeira e descrição de uma paisagem de pelados não civilizados, ferozes antropófagos situada no mundo novo da América" foi um sucesso absoluto. Aos poucos, foi se formando nas regiões protestantes uma elite burguesa bem preparada, que passou a dominar o comércio e a manufatura. Mas essa é uma história separada.

O que me fascina é o fato de o curso da História ter se modificado completamente porque Carlos V não conseguiu demover de suas ideias um monge rebelde. Teria bastado dar voz de prisão ali mesmo e cortar a cabeça quinze minutos depois. Mas não, já não eram mais os velhos tempos, estavam em plena Renascença e haviam dado a Lutero um salvo-conduto. E havia, como vemos na conduta do Duque da Saxônia, o interesse político na obra do monge.

Mas, onde estaríamos hoje sem a Reforma? Será que os ingleses não teriam construído o seu império? Será que teríamos mais países pequenos no centro da Europa? Não teríamos tido as guerras religiosas, e seríamos muito mais habitantes na França, Inglaterra e Alemanha? Não teríamos talvez a prosperidade no Centro-

Norte da Europa, e talvez não as múltiplas seitas religiosas chamadas de evangélicas. O Brasil teria sido poupado de um ou outro presidente? Ou talvez tudo tivesse acontecido, mais tarde, de outra forma?

Fato é que a evolução humana sempre aconteceu sob forte pressão econômica, de domínio e de sobrevivência. Teríamos uma outra história. Quem pode dizer se melhor ou pior?

Epílogo

Percorrer o caminho entre as duas culturas mais importantes de minha vida, a brasileira e a alemã, proporcionou a mim e à minha família oportunidades de contemplá-las nas suas diferenças. Não foi um caminho fácil, porque as perdas são inevitáveis. Se fizemos novos e importantes amigos deste lado do Atlântico, perdemos contatos com outros tantos de juventude no outro lado. Houve distanciamento de parentes, sentimentos graves de perda, de ciúmes e até de inveja. Mas houve também muita solidariedade e compreensão.

Trocar de país é difícil. É imprescindível amar a língua, os costumes e a história do lugar no qual você fixa o seu domicílio. Isso significa ter que abrir a alma para receber a nova cultura, por mais estranha que possa parecer. Lição importante nesse processo: é o tom que faz a música. Não se pode esperar que o novo país se acostume a nós – isso não vai acontecer. E se é isso que você espera, é melhor reavaliar as próprias expectativas e a disposição pessoal para se abrir. Se não for possível, e havendo uma alternativa melhor, mude.

No tocante a mim, estou feliz em Mussbach, e, a não ser que algo grave e inesperado aconteça, vou ficando por aqui. Ainda há muito a descobrir e aprender, colecionando estórias para contar aos amigos, e quem sabe, para a minha neta.

Sobre o autor

Claus Koch (São Paulo, SP), cresceu no Alto da Lapa, foi escoteiro e chefe de grupo, fez trabalho comunitário e estudou engenharia. Casado, viajou à procura de novos horizontes com a esposa na Alemanha, em 1979. A vida profissional levou o casal ao México, ponto de residência temporário, e a vários países em todos os continentes. Tendo consolidado a carreira, comprou uma empresa de máquinas há vinte anos, da qual é o presidente até os dias de hoje. Depois de décadas de abstinência, reatou com o português, e escreve sobre os mais variados temas apenas nesse idioma, em paralelo aos demais que usa no trabalho. Hoje vive em Mussbach, no coração do Palatinado, às margens do Reno, famosa região vinícola, de que é fervoroso entusiasta. Vive com a esposa Cecília, seus filhos e curte a neta, Philippa.

Da mesma coleção

Ukrayina, de Fernando Dourado Filho

Rua Fuzhou, Xangai, de Carmen Lícia Palazzo

O Baile dos Minaretes, de Pascale Malinowski

Doze dias de outono em Moscou, de Fernando Dourado Filho